Bienvenidas al mundo del

Club de Tea

Tea

¡Hola! Soy Tea Stilton, la hermana de Geronimo Stilton. Soy la enviada especial de *El Eco del Roedor*, el periódico más famoso de la Isla de los Ratones. Me encantan los viajes y me gusta conocer a personas de todo el mundo, como las chicas del Club de Tea. Son cinco amigas muy especiales. Os las presento...

Paulina

Altruista y muy activa, le gusta viajar y conocer gente de todo el mundo. Se le dan muy bien la tecnología y los ordenadores.

Pamela

Es muy hábil con la mecánica. Dadle un destornillador y arreglará cualquier cosa. Siente una especial debilidad por la pizza, la comería a todas horas, y le encanta cocinar.

Colette

Siente pasión por la ropa y los complementos, sobre todo si son de color rosa. De mayor quiere ser periodista especializada en moda.

Nicky

Es australiana y siente pasión por el deporte, la ecología y la naturaleza. Le gusta vivir al aire libre y nunca está quieta.

Violet

Le encanta leer y conocer cosas nuevas. Le gusta la música clásica y sueña con ser una violinista famosa.

¿Quieres ser miembro del Club de Tea?

▼

Irene ....

Me gusta ....

....

....

....

....

....

Textos de Tea Stilton
Inspirado en una idea original de Elisabetta Dami
Dirección artística: Iacopo Bruno
Cubierta de Barbara Pellizzari, Giuseppe Facciotto (diseño) y Flavio Ferron (color)
Diseño gráfico: Paola Berardelli / theWorldofDOT
Ilustraciones de las páginas iniciales y finales de Barbara Pellizzari (diseño) y Flavio Ferron (color)
Mapa: Caterina Giorgetti (diseño) y Flavio Ferron (color)
Ilustraciones interiores de Chiara Balleello (diseño) y Francesco Castelli (color)
Coordinación artística de Flavio Ferron
Asistencia artística de Tommaso Valsecchi
Gráfica de Marta Lorini

Título original: *Un tesoro di cavallo*
© de la traducción: Helena Aguilà, 2018

Destino Infantil & Juvenil
infoinfantilyjuvenil@planeta.es
www.planetadelibrosinfantilyjuvenil.com
www.planetadelibros.com
Editado por Editorial Planeta, S. A.

Primera edición: abril de 2018
ISBN: 978-84-08-18526-0
Depósito legal: B. 2.006-2018
Impreso en España – Printed in Spain

El papel utilizado para la impresión de este libro es cien por cien libre de cloro y está calificado como **papel ecológico**.

Tea Stilton

Este caballo es un TESORO

DESTINO

Pinceles y colores

Si alguien les hubiera preguntado a las cinco chicas del Club de Tea cuál era su asignatura favorita, cada una habría dado una **respuesta distinta**.

Colette, que soñaba con trabajar en una revista de moda, habría dicho que su asignatura preferida era **Historia del Periodismo**. Pamela, muy apasionada de los motores e interesada en entender su funcionamiento, habría contestado **Mecánica** y **Diseño**.

Una amante de los animales como Nicky no habría dudado en responder BIOLOGÍA, mientras que Paulina habría elegido INFORMÁTICA, porque le daba la posibilidad de profundizar sus conocimientos en el mundo de los ordenadores.

Por último, Violet habría optado por la Música, una asignatura que le permitía encerrarse en su cuarto y tocar el violín.

Pero si les hubieran preguntado a las cinco alumnas cuál era la asignatura en la que se habían implicado más durante los últimos meses, habrían contestado al instante y sin dudar: ¡Formación Artística!

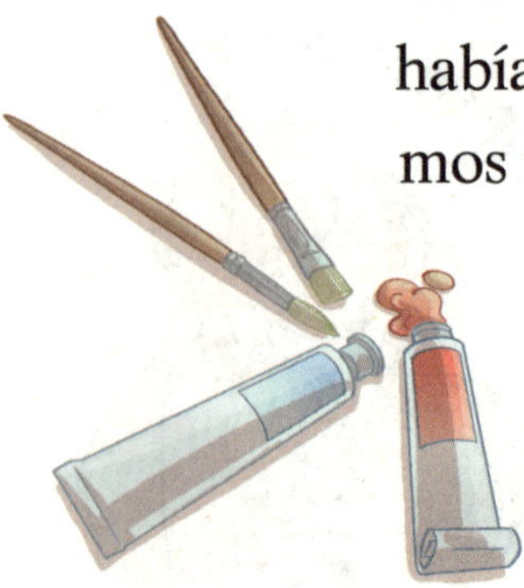

En efecto, aquel semestre las chicas del Club de Tea y los demás alumnos de la

Universidad de Ratford se habían dedicado a PINTAR DEL NATURAL, y la técnica les había gustado tantísimo que pasaban todo su tiempo libre entre COLORES, PINCELES y **paletas**. Aquella tarde, las cinco aspirantes a pintoras también pensaban dedicarse a su nueva afición.

—**Eh, chicas, ¿estáis listas?** —preguntó Nicky, entrando en la habitación de Pamela y Colette junto a Paulina y Violet.

—¡Sí, listas! —contestó Pam mientras metía en la bolsa sus PINCELES.

Pero su compañera de habitación no respondió al saludo y se quedó sentada en la cama, mirando la TELA blanca que tenía que empezar a pintar ese día.

—¿Todo bien, Cocó? —dijo Pam acercándose a ella—. No me digas que se te ha acabado otra vez el rosa…

Al oír la broma de su amiga, Colette abandonó su expresión absorta y se echó a reír:

—No, no, acabo de poner en mi paleta todos los tonos de rosa que he encontrado. Pero…

—Pero… ¿qué? —preguntó Violet.

—No lo sé… pensaba en los TEMAS de nuestros cuadros. Tengo la impresión de que ya hemos pintado todo lo que podíamos…

Entonces Violet, Nicky, Pamela y Paulina se miraron pensativas.

Colette tenía mucha razón. En las últimas semanas habían pintado a sus amigos, a sus profesores y todos los lugares de Ratford.

—¡Uf, es verdad! —resopló Paulina, sentándose al lado de Colette—. Ahora que lo pienso,

¡Bienvenidos a Ratford!

El rector en su despacho

Atardecer en Ratford

a mí tampoco se me ocurre nada que no hayamos PINTADO ya.

—¿Y ahora qué hacemos? —preguntó Violet.

—**¡Tengo una idea!** —exclamó Pamela, tras unos instantes de silencio—. Coged todo el material, yo mientras voy a por las llaves del TODOTERRENO.

Colette la miró perpleja:

—Aunque hayamos pintado todo lo pintable, no creo que sea buena idea ponernos a dibujar las **llaves** de tu coche…

—Pero ¿qué habéis entendido? —rio Pam—. Vosotras coged las TELAS y los COLORES, yo cojo las llaves del todoterreno, y vamos a dar una vuelta por la isla para buscar nuevos TEMAS y paisajes para nuestros cuadros.

Tarde con imprevisto

Cuando las cinco amigas ya estaban dentro del todoterreno de Pamela, Colette preguntó:

—Chicas, ¿y ahora adónde vamos?

Por suerte, en la **Isla de las Ballenas** había muchos lugares sugestivos donde las muchachas podían encontrar una inspiración.

—Podríamos ir a la **PLAYA** y pintar las rocas —propuso Nicky.

—O bien subir a las **montañas** —dijo Paulina.

—¿Y si nos vamos a pintar… al **campo**? —sugirió Violet.

¡Ésa sí que era una idea original!

Pam se dirigió hacia la zona más VERDE de la isla, donde las chicas encontraron nuevos paisajes para inmortalizar en sus telas.

Colette plantó su CABALLETE delante de un campo de GIRASOLES, Paulina empezó a dibujar un nido de petirrojos, y Violet se sentó en la orilla de un pequeño arroyo. Nicky, en cambio, se dedicó a pintar un ROBLE centenario, y Pamela una familia de patos. Mientras pintaban, la tarde se les pasó **volando**.

—Colette, ¿sigues pensando que ya no hay nada que **PINTAR** en la isla? —preguntó Nicky, mientras todas regresaban al coche.

—¡Nooo! —Colette sonrió feliz—. Ojalá tuviera más **TELAS** para pintar todas las cosas interesantes que hay aquí.

—Tienes razón —asintió Paulina—. ¡Ha sido una **TARDE SUPERRATÓNICA**!

—Y, para terminarla como es debido —dijo Pam, sentándose al volante y metiendo la **llave** en el contacto—, sólo nos falta un buen trozo de pizz… Pero no terminó la frase, porque el ruido del motor la preocupó.

¡RRRRRRRRRRRRRRRRRR!

—¿Qué ocurre, Pam? —preguntó Violet.

—Mmm… nada bueno. El todoterreno **NO ARRANCA**.

En vez de ponerse en marcha, no paraba de hacer **ruidos extraños**. Pam no se rindió y trató de averiguar cuál era el problema… **PERO ¡SIN RESULTADOS!**

—¡No hay nada que hacer! —exclamó al poco rato, limpiándose las manos manchadas de GRASA—. ¡No sé qué le pasa!

—Menuda FAENA —se lamentó Paulina—. ¿Y ahora cómo volvemos a la universidad?

Por suerte, en ese momento de detrás de la curva apareció un automóvil. El conductor parecía un tipo simpático. A su lado iba sentada una sonriente roedora.

—Hola, chicas —dijo el conductor, acercándose al todoterreno de Pam—. ¿Problemas con el **MOTOR**?

—Efectivamente —contestó Pamela—. No arranca.

—Soy Bob y ella es mi mujer, Lisa —se presentó el roedor a las estudiantes con una amable sonrisa—. ***Dejad que le eche un vistazo***.

Bob abrió el capó del todoterreno e inspeccionó el motor con aire experto, pero al final negó con la cabeza:

—Creo que sé cuál es el problema, pero no puedo hacer nada sin mis HERRAMIENTAS.

—¡Oh, no! —suspiró Colette—. ¿Y ahora qué hacemos?

—No os PREOCUPÉIS, todo tiene solución —las tranquilizó Lisa—. Nuestra finca está muy cerca. Os remolcaremos hasta allí y, una vez en casa, Bob os dejará el motor COMO NUEVO.

¡Bienvenidas al Horizonte!

Mientras Bob las REMOLCABA con su coche, las chicas empezaron a fantasear sobre el lugar hacia donde se dirigían. Nunca habían oído hablar de la finca de Bob y Lisa, y tenían muchas ganas de visitarla.

Cuando al final de un largo camino de tierra vieron a lo lejos un rótulo de madera que ponía RANCHO HORIZONTE, las chicas no pudieron contener un «¡OOOOOH!» de sorpresa.

—¡Un rancho! —exclamó Colette—. ¡Eso significa que hay CABALLOS!

—¡Exacto! —asintió Lisa sonriendo—. ¿Te gustan los caballos?

Entonces la muchacha abrió sus inmensos ojos azules:

—¿Que si me gustan los caballos? ¡Me encantan! Empecé a hacer **EQUITACIÓN** cuando era muy pequeña.

—Aquí podrás seguir **practicando** todo lo que quieras. ¡Una parte del rancho es una escuela de equitación!

No tuvo que repetir la **invitación** dos veces. Mientras Bob y Pam llevaban el todoterreno al aparcamiento para **REPARARLO**, Colette se fue con Lisa a la zona de los caballos.

Poco después, apareció montada en un caballo de **PELAJE** color avellana, llamado **Viento**.
Entretanto las chicas conversaban con Lisa, se percataron que el Horizonte era mucho más que una simple **ESCUELA DE EQUITACIÓN**.
—En esa zona de ahí **CRIAMOS** a nuestros caballos —les explicó la roedora, mientras pasea-

ban por el magnífico rancho—. Y allí tenemos una CLÍNICA para animales enfermos y abandonados.

—¿Y lo hacéis todo Bob y tú solos? —preguntó Violet maravillada.

—Sí, somos nosotros dos —contestó Lisa—. Bueno… y una PEQUEÑA AYUDANTE que veremos ahora en las cuadras.

En efecto, al entrar en el recinto de los caballos, las chicas y Lisa vieron a una muchacha de TRENZAS rubias y mirada tímida.

—Aquí está nuestra excelente ayudante —anunció Lisa—. Chicas, os presento a nuestra querida hija, Sandy.

Al ver a las cuatro desconocidas, a la muchacha se le cayó la ZANAHORIA que le estaba ofreciendo a un precioso caballo negro y corrió a ocultarse detrás de unas balas de heno.

¡Ella es Sandy!

—Tenéis que disculparla... Sandy es un poco **tímida** —explicó Lisa.
Violet, que era la más tímida del Club de Tea, sonrió:
—No hay nada que **disculpar**. Muchas veces yo también tengo ganas de esconderm...
¡AAAAAAAAAAAH!

Violet se había asustado porque se le acercó un precioso caballo blanco y le golpeó la cadera con el hocico.

—¿Qué haces, Nube? —lo regañó Lisa—. Deja en paz a nuestra invitada.

Pero *Nube* seguía dando VUELTAS alrededor de Violet.

—No sé… qué quiere —dijo ella preocupada.

—¿Llevas CARAMELOS? —preguntó una vocecilla desde detrás del heno.

Lisa y las chicas se dieron la vuelta y vieron que Sandy estaba allí.

—¿Caramelos? —preguntó Violet. Luego sonrió, y buscó en sus bolsillos—. Sí, tengo unos AZUCARILLOS.

—Eso explica el inmenso interés de *Nube* —comentó Lisa riendo—. A los caballos les encantan las **golosinas**.

¡QUÉ CABALLO TAN GOLOSO!

¡Lo hemos arreglado!
¡Je, je!

En ese momento…

¡PI-PI-PIIIIIIIIIIIIIIIIIIII!

—¡Eh, son Pam y Bob! —exclamó Nicky, mirando hacia la dirección de donde procedía el sonido del CLAXON.

—¡Qué bien! Habéis reparado el todoterreno —se alegró Lisa—. Ahora las chicas podrán volver a la universidad.

Pamela, Colette, Nicky, Violet y Paulina se MIRARON: qué lástima irse tan pronto del Rancho Horizonte…

¿Sueño... o realidad?

Un rayo de SOL se filtró hasta la habitación y se posó en el rostro de Colette. La chica aún estaba medio dormida, y sonrió.

Hacía una semana que las cinco amigas habían descubierto la existencia del Rancho Horizonte. Desde entonces, Colette soñaba lo mismo todas las noches: que galopaba sobre Viento, el caballo que había montado hacía muy pocos días en el RANCHO de Bob y Lisa.

En el sueño no ocurría nada excepcional, sólo la emoción que sentía Colette. El camino de TIERRA bajo los cascos del caballo, la brisa despeinándola, el aroma de las flores, las crines de *Viento* ondeando... ¡todo le daba una sensación de felicidad absoluta!

¡BI-BI-BIP! ¡BI-BI-BIP!
¡BI-BI-BIP!
¡BI-BI-BIP! ¡BI-BI-BIP!

El sonido del despertador interrumpió bruscamente el sueño de la chica.

—¡Uf! —se lamentó Colette, apagando el molesto aparato.

—Mmm —murmuró Pamela en la cama de al lado, frotándose los ojos—. Tenía un sueño realmente fantástico... Estábamos en el Rancho Horizonte y...

Colette se sentó en la cama:

—De verdad, ¡¿tú también soñabas con el **RANCHO HORIZONTE**?!

—Sí —contestó su amiga—. En mi sueño ayudaba a Bob a reparar el TRACTOR.

Al cabo de un rato, las dos compañeras de habitación descubrieron que las demás amigas tampoco habían olvidado el magnífico rancho. De hecho, cuando bajaron al COMEDOR a desayunar, encontraron a Violet impaciente por enseñarles su última creación artística.

—Mirad, lo pinté anoche —dijo la chica, mostrando un GRAN CUADRO en el que había pintado el rancho.

—Me encanta Ratford, pero echo de menos la Finca de Bob y Lisa —confesó Paulina.

—Sí… a mí también —suspiró Nicky—. Es un lugar maravilloso.

En ese preciso momento, Shen, Craig, Vik, Ron, Elly y Tanja se acercaron a la mesa.

—¿De qué sitio maravilloso estáis hablando? —preguntó Shen.

Pamela les dejó espacio a sus amigos, y respondió:

—De un rancho que DESCUBRIMOS la semana pasada.

—Crían caballos, tienen una escuela de equitación y una clínica para ANIMALES —añadió Paulina.

—¡Guau! —exclamó Craig—. Parece fantástico. Me gustaría mucho visitarlo y convertirme en un COWBOY* por un día.

*El cowboy *es una figura típica de los Estados Unidos: se encarga de los animales en los ranchos y los lleva a pacer.*

Entonces Nicky propuso:

—¿Por qué no vamos todos juntos?

—¿Ahora? —preguntó Elly perpleja—. Hoy tenemos clase...

—Sí, pero nada nos impide ir después de clase... ¡O EL FIN DE SEMANA! —sugirió Violet.

—O... podríamos hacer más que eso —sonrió Colette—. Preguntarles a Bob y Lisa si necesitan ayuda. De ese modo podríamos pasar parte de nuestro tiempo libre allí haciendo algo útil.

Tanja, como directora de la revista universitaria, siempre buscaba temas para nuevos artículos y dijo:

—¡Me parece una gran idea! Una experiencia así sería magnífica para un REPORTAJE.

¡BUENA IDEA!
¿AYUDAREMOS AL RANCHO HORIZONTE?

—¿Estamos todos de acuerdo? —preguntó Paulina levantándose—. ¿Nos ofrecemos como ayudantes en el Rancho Horizonte?

Los chicos guardaron silencio un instante, y luego Pam contestó lo que pensaban todos:

—¡Síííííííííííííí!

Una prueba inesperada

Las chicas del Club de Tea y sus amigos estaban muy contentos porque aquella misma **tarde** irían al Rancho Horizonte a hablar con Bob y Lisa de su idea, por lo que afrontaron las clases con doble energía.

En cuanto sonó el **timbre**, montaron en el coche y se fueron.

Al ver llegar al Club de Tea, Bob exclamó:

—Chicas, ¡qué alegría veros! Y venís muy bien **acompañadas**.

—Hola, Bob —dijo Pamela—. Les hemos hablado tanto a nuestros **amigos** de vuestro rancho que han querido verlo en persona.

Después de las presentaciones, los alumnos de Ratford se miraron cómplices: había llegado el momento de proponer su proyecto de colaboración.

—Ejem… —empezó Colette—, oye, Bob, hemos venido a…

Pero no pudo completar la frase, porque entonces llegó Lisa corriendo con una expresión alarmada en la cara:

—¡Bob, rápido, ven!

—Pero ¿qué ha pasado? —preguntó Bob preocupado, ACERCÁNDOSE rápidamente a su mujer.

Fue en ese momento cuando Lisa se dirigió a los recién llegados:

—Ah, hola, chicos, perdonad que os reciba así, pero tenemos un problema: ¡NO ENCONTRAMOS A BERRY!

Berry era uno de los potrillos del Rancho Horizonte. Ahora que había crecido y ya no lo AMAMANTABA su madre, tenía una **cuadra** solamente para él y aquella tarde Lisa la había encontrado VACÍA.

—Tranquila, Lisa —dijo Pamela—. ¡Os ayudaremos a buscarlo!

—Gracias, chicos, sois muy amables —respondió ella, un poco más calmada.

Las chicas del Club de Tea y sus amigos se dividieron en GRUPOS y empezaron a buscar a *Berry* por las cuadras y en la zona dedicada a la equitación. Pero el potrillo parecía haber DESAPARECIDO en la nada.

—Hemos buscado por todas partes —les comentó Nicky a sus amigas—, ¡BERRY NO ESTÁ EN EL RANCHO!

—¿Y ahora qué hacemos? —preguntó Pamela—. No podemos darnos por vencidas.

—Pues tendremos que BUSCARLO fuera de aquí —concluyó Paulina.

Fue una idea excelente, porque al proseguir la búsqueda por los alrededores del Rancho Horizonte, entonces las chicas vieron a lo lejos una SILUETA rojiza que pacía tranquilamente en un prado.

—¡Ahí está! —gritó Pamela.

¡LO HEMOS ENCONTRADO!
MENOS MAL... ¡ESTÁ AHÍ!

Cuando llegaron a escasos pasos del potrillo, Nicky les hizo señas a sus amigas para que se detuvieran:

—Esperad un momento, no os mováis.

—Pero ¡¿por qué?! —preguntó Pamela perpleja.

—¡Chis! —dijo Nicky, llevándose un dedo a los labios—. Baja la voz. Ha notado nuestra presencia y se está poniendo nervioso.

Entonces Pamela, Colette, Paulina y Violet observaron atentamente al animal y vieron que Nicky tenía razón.

Berry había dejado de pacer plácidamente y miraba a las cinco chicas con los ojos muy abiertos y meneando la cola.

—¿Y ahora qué hacemos? —susurró Violet preocupada—. Si nos acercamos, nos arriesgamos a que salga corriendo.

—No os preocupéis —dijo Colette—. Los caballos son sensibles e inteligentes. Si le transmitimos ***tranquilidad***, ya veréis como se calma.

Y dicho eso, Colette se dirigió al potrillo despacio, con mirada serena y andar pausado, y empezó a hablarle **dulcemente**:

—Hola, *Berry*. Hemos venido a llevarte a casa.

Luego se agachó a recoger un **puñado de hierba** y se la tendió al animal. *Berry* se acercó, **masticó** la hierba fresca y dejó que la muchacha lo acariciara.

Al volver al rancho, todos recibieron al Club de Tea y a *Berry* con aplausos y gritos de alegría.

—CHICAS, ¡HABÉIS ESTADO GENIALES!

—No sabemos cómo daros las **GRACIAS** —luego Lisa las abrazó.

—Se me ocurre una manera… —dijo Pamela.

—Nos gustaría mucho estar con vosotros en el rancho. ¿Nos **aceptáis** como ayudantes los fines de semana?

Bob y Lisa se quedaron en silencio durante un instante y luego se **echaron** a reír.

—¡Por supuesto! —dijo Bob—. A juzgar por lo que habéis hecho hoy, ¡sois los **MEJORES AYUDANTES** que podríamos tener nunca!

¡CAMBIO DE PLANES!

El resto de la semana pasó volando y por fin llegó el sábado, el **PRIMER DÍA** de trabajo para los nuevos ayudantes del Rancho Horizonte.

Aquella mañana, mientras se preparaban para salir, Violet, Nicky y Paulina recibieron un *mensaje* de su amiga Colette...

Al cabo de diez minutos, las muchachas se reunieron en la **habitación**.

Colette y Pamela estaban terminando de preparar las mochilas con todo lo imprescindible para pasar el fin de semana en el rancho.

—¿Por qué nos has dicho que viniéramos? —preguntó Paulina.

—Porque tengo una sorpresa para vosotras —respondió Colette sonriendo.

Corrió al armario y volvió con cinco paquetes, que contenían cada uno un **SOMBRERO** de *cowboy* y un pañuelo a juego.

—He pensado que necesitábamos un complemento especial para el RANCHO.

—¡El sombrero y el pañuelo son perfectos! —comentó Nicky—. **Gracias, Cocó.** ¡Qué haríamos sin ti!

Luego, las chicas del Club de Tea se dirigieron al patio de la universidad, donde habían quedado con sus amigos.

Pero mientras RECORRÍAN el pasillo, tuvieron que parar porque les cortó el paso una larga barra con ROPA colgada. En ese momento, Vanilla y sus amigas salieron de su habitación con dos elegantísimos trajes en la mano.

—Añado estos dos trajes de noche y creo que ya he terminado.

Al ver a las chicas, la alumna más consentida de Ratford sonrió:

—Pero ¿¡¿cómo vais vestidas?!?

Por favor, marchaos rápidamente de aquí. No quiero que nadie piense que esos ridículos sombreros son míos.

¿HAY UNA FIESTA?
PERO ¿CÓMO VAIS VESTIDAS?

—Espero que tu gusto para la moda sea mejor que tu amabilidad —bromeó Paulina.

—Lo que veis es una selección de prendas exclusivas que llevaré para mi sesión de FOTOS con Jean-Claude Chiffon, el famoso fotógrafo de moda —informó Vanilla muy seria.

Llevaba meses hablando de las magníficas FOTOGRAFÍAS que compondrían su primer álbum como futura TOP MODEL.

—Ah, qué bien, perfecto... ¡que te diviertas! —le deseó Nicky, abriéndose paso para alejarse de allí junto con sus amigas.

—**¡Me tenéis envidia!** —exclamó Vanilla, entrando en su habitación. Luego se dirigió a las Chicas Vanilla—: ¿Adónde irán **vestidas** de ese modo?

—¿No lo sabes? —contestó Alicia—. Hoy empiezan a **trabajar** como ayudantes en un rancho de la isla.

—¡¿Un rancho?! —repitió Vanilla **INCRÉDULA**—. O sea que pasarán el fin de semana entre caballos, heno, barro…

¡ ¡ESPERAD UN MOMENTO! !

La chica corrió a la habitación, cogió el último número de RATOGUE y lo hojeó hasta encontrar el reportaje de moda más importante del mes... Un artículo titulado Moda en el campo.

—¿Qué pasa, Vanilla? —le preguntó Connie.

—Ocurre que voy a LLAMAR ahora mismo a Chiffon para decirle que nos vemos en el rancho —respondió Vanilla con expresión soñadora—. Quiero un **reportaje fotográfico** en el campo.

¡Un día inolvidable!

El TRABAJO en el Rancho Horizonte era tal como los alumnos de RATFORD habían imaginado: agotador, pero muy divertido e interesante. Nunca se aburrían, porque ATENDER a los caballos era un no parar: había que cepillarlos y darles de comer y, además, mantener LIMPIAS las cuadras y la zona dedicada a las clases de equitación.

Pero siempre había algo que compensaba a los chicos del ESFUERZO: el relincho alegre de un caballo, la mirada agradecida de Bob, el aroma de las flores… ¡o del pan recién horneado!

—Muchachos, ¡es hora de merendar! —anunció Lisa, acercándose con una CARRETILLA llena de bebidas y bocadillos.

—¡Me encanta este momento! —exclamó Pamela.
Después de que todos se sirvieran, en la carretilla solamente quedaron un BOTELLÍN y un bocadillo.
—¿Dónde se habrá metido Sandy? —preguntó Lisa, mirando alrededor.
—La he visto hace un momento en las cuadras —dijo Nicky cogiendo el bocadillo y el refresco de la chica—. Nosotras le llevaremos la merienda.
Encontraron a Sandy ofreciéndole zanahorias al IMPONENTE caballo negro con quien la vieron por primera vez.
—¡Hola, Sandy! —la saludó Paulina—. ¿Tienes hambre?
La niña miró con timidez a las cinco amigas. Luego, sin decir una palabra, cogió la merienda y se sentó en una bala de heno a comerla, junto a su caballo favorito.

—¿Es tu caballo? —le preguntó Violet.

Sandy se SONROJÓ y luego asintió, mordisqueando el bocadillo.

—¿Cómo se llama? —le preguntó Colette, tratando de entablar **conversación**.

Sandy se quedó callada unos instantes. Después, sin mirarlas, contestó:

—**BLACK**.

—Es un bonito nombre para un CABALLO —le respondió Colette—. ¿Lo elegiste tú?

Pero en ese momento, una voz chillona que las chicas conocían muy bien dijo:

—¡QUIERO QUE ME HAGAS LAS FOTOGRAFÍAS MONTADA EN ESE CABALLO NEGRO!

¡Era Vanilla! Y junto a ella iban Bob y un roedor con una **CÁMARA DE FOTOS** enorme colgada al cuello.

—¿Y tú qué haces aquí? —le preguntó Nicky.

—Por una vez, me habéis sugerido una buena idea. Estoy aquí con Jean-Claude Chiffon. Haremos unas fotos para mi álbum, y quiero salir con ese magnífico caballo negro.

—Bueno… —trató de protestar Bob, al ver la mirada TURBADA de Sandy—. *Black* es el caballo de mi hija, no sé si…

Pero Vanilla era una CONSENTIDA y una caprichosa, y no estaba acostumbrada a que le dijeran que no. Además, reconocía rápidamente a las personas **demasiado amables**, incapaces de negarle nada.

—Oh, señor Bob —se lamentó—, me ha dicho que eligiera el caballo que quisiera. ¡Y desearía a *Black*! Su **COLOR** combina perfectamente con mi **COLLAR**.

Vanilla insistió tanto, que al final Bob le dijo que sí, aunque la advirtió:

—Con una condición: no puedes montarlo. *Black* sólo se lo permite a Sandy.

Pero por desgracia para la joven De Vissen, *Black* era mucho más desconfiado que Bob, y cuando se encontró en el RECINTO junto a ella empezó a mirarla de reojo y a mover nerviosamente el hocico.

Vanilla no hizo caso de la advertencia de Bob y cogió la silla de MONTAR de *Black* para intentar subir. Entonces el caballo la EMPUJÓ con el hocico, la chica perdió el equilibrio y… cayó sobre un montón de heno.

—Creo que tendrás que LIMPIARTE un poco antes de empezar la sesión de fotografías —comentó Violet al ver a Vanilla en el suelo, cubierta de heno.

¡QUÉ CAÍDA!
¡AY!

¡JI, JI!
LA HE AVISADO...
¿SE HABRÁ HECHO DAÑO?

MUCHOS PROS... Y UN CONTRA

Después de aquel día marcado por la llegada y luego la huida con la cabeza gacha de Vanilla de Vissen, las visitas de los chicos al Rancho Horizonte se convirtieron en una costumbre muy agradable.

Las chicas del Club de Tea y sus amigos se pasaban la semana estudiando como siempre, y el fin de semana se ponían los vaqueros y el SOMBRERO e iban a ayudar a Bob y Lisa.

Cada vez los muchachos tenían más experiencia y los dos rancheros les encargaban tareas de más responsabilidad.

Una tarde ayudaron a Bob mientras éste le curaba la pata ROTA a una pequeña cabra que se había caído por un terraplén.
Y allí, trabajando en la PEQUEÑA CLÍNICA del rancho, conocieron la historia del caballo de Sandy, BLACK.

Black no siempre había sido el **purasangre** fiero y majestuoso que los alumnos de Ratford habían conocido hacía unas semanas. Cuando nació era un **frágil** potrillo, que se hizo fuerte y robusto gracias a los **CUIDADOS** de Bob.

Probablemente por eso Sandy quería tanto al caballo, porque ella también era muy **menuda** y **tímida**. Pero cuando montaba a *Black*, se sentía fuerte y capaz de todo: el caballo era su **mejor amigo** y con él podía enfrentarse a cualquier reto.

Cuando ya hacía tiempo que los chicos trabajaban en el Rancho Horizonte, conocieron al señor Martin, **PROPIETARIO** de una finca que estaba al lado del rancho. La verdad es que no era un roedor muy **amistoso**...

Bob y Lisa siempre estaban contentos y sonreían. En cambio, el señor Martin siempre **FRUNCÍA** el ceño. Bob y Lisa eran amables con todo el mundo, pero el **señor Martin** no perdía ocasión para discutir con la gente y se quejaba por todo.

Y sentía una antipatía especial hacia los **chicos** y también a los **CABALLOS**.

Una tarde, al volver del habitual **PASEO** a caballo que las chicas del Club de Tea siempre daban tras cumplir con sus obligaciones en el rancho, Colette exclamó:

—¡Mirad! ¿No son Sandy y *Black*?

—Sí, son ellos —confirmó Violet—. Y me temo que a Sandy le está cayendo una de las broncas del señor Martin.

La niña iba montada en el caballo, pero estaba parada al borde del **CAMINO** y escuchaba cabizbaja y muy seria lo que le estaba diciendo el vecino.

Nicky se acercó a **saludarlos**.

—Buenos días, señor Martin. Hola, Sandy. ¿Hay algún problema?

El roedor, con la cara **ROJA**, gritó:

—¡Sí! ¡Siempre hay problemas cuando están presentes esta niña y este animal!

¡SIEMPRE ME DAN PROBLEMAS!

Violet tranquilizó con la mirada a Sandy e intentó replicar:

—Entiendo, señor Martin, pero estoy segura de que no es nada **GRAVE**...

Los gritos del roedor **aturdían** a la niña, aunque ella no dejaba de **tranquilizar** a *Black* acariciándole las crines.

Pero Martin respondió:

—Eso es lo que tú dices, señorita, pero yo estoy muy harto de ver CORRETEAR a estos dos por mi propiedad —luego se dirigió de nuevo a Sandy y añadió—: ¡Espero y deseo que no se repita NUNCA MÁS!

Y dicho eso, subió rápidamente a su COCHE y arrancó.

Cuando se dio cuenta de que los caballos de las chicas estaban demasiado CERCA para que el coche pudiera pasar, empezó a tocar el claxon sin parar:

¡PII-PIII-PIIIIII!

—*¡Por mil motores motorizados!* —se lamentó Pamela—. ¡Deje ya de tocar el CLAXON! Está asustando a los caballos.

—No es mi problema —replicó el señor Martin.

Y se marchó PISANDO el acelerador.

Pero antes tocó una vez más el claxon, ATE-RRORIZANDO a *Óxido*, el caballo que montaba Paulina. Entonces el animal se encabritó y desmontó a su amazona.

Una nueva amiga

Cuando *Óxido* se **encabritó**, Paulina se abrazó de inmediato al cuello del animal. Aunque no pudo mantenerse en la **silla**, ralentizó la caída y solamente se hizo unos **MORATONES**. Había pasado ya una semana desde ese **INCIDENTE**, y Paulina se repetía una y otra vez que cuando uno se cae del caballo tiene que volver a **MONTAR** enseguida, pero no se veía capaz de hacerlo.

Aquella tarde Paulina decidió ir a ver a *Óxido* a la cuadra.

—Sé que no lo hiciste a propósito —suspiró la chica, ofreciéndole una zanahoria al caballo de PELO cobrizo—, pero me da miedo que me tires otra vez.

—¡Bbbrruuuffff! —resopló el caballo.

—Ya lo sé… es un problema —asintió la chica.

—¡Hola! —dijo una vocecilla desde el fondo de la cuadra.

—¡¿Sandy?! —exclamó la muchacha, que creía que estaba sola.

La niña se acercó a Paulina, y luego le dio un trozo de ZANAHORIA a *Óxido*.

Tras unos minutos de silencio, dijo:

—Una vez yo también me caí. Y creí que nunca más cabalgaría.

Paulina le preguntó:

—¿Y cómo superaste el **MIEDO**?

—Pensé que el miedo me ponía **TRISTE** y que, en cambio, cabalgar con *Black* me hacía feliz —contestó Sandy sonriendo.

A Paulina la impresionaron enormemente sus palabras: Sandy era la niña más **tímida** que conocía, pero había tenido el VALOR de hablarle para ayudarla.

—¡TIENES RAZÓN! —dijo, recuperando la sonrisa—. Podríamos ir a buscar a las demás y salir a cabalgar todas juntas.

Colette, Pamela, Violet y Nicky estaban en esos momentos cuidando de los potrillos del rancho, cuando de pronto vieron llegar a Paulina y Sandy montadas en Óxido y BLACK. Nicky exclamó incrédula:

—¡Paulina! ¡Ya vuelves a cabalgar!

—Sí, y no pienso hacerlo sola —sonrió Paulina—. ¡Así que ensillad los caballos y venid con nosotras!

Durante el paseo, las chicas descubrieron a una Sandy hasta entonces desconocida. Ya no era tímida y silenciosa, sino vivaracha y alegre... incluso habladora.

Sandy les enseñó los sitios donde le gustaba ir a cabalgar, y les contó el motivo por el que *Black* y ella pasaban siempre por el bosquecillo cercano a la finca del señor Martin: llevaba hasta un claro con un gran MANZANO, lleno de jugosos frutos, que tanto al caballo como a ella también les encantaban.

Aquella tarde, el tiempo pasó más veloz que el más **VELOZ** de los caballos.

Cuando la luz del atardecer empezó a teñir de naranja los **CAMPOS**, las chicas del Club de Tea comprendieron que había llegado el momento de volver al rancho.

—*Me lo he pasado fantásticamente bien* —les comentó Sandy a sus nuevas amigas, con una enorme sonrisa.

Pero la **alegría** de la niña se desvaneció poco después, cuando vio que su caballo empezaba a **agitarse** y se negaba a proseguir:

—¿Qué te pasa, *Black*? ¿Por qué te paras?

Entonces una RÁFAGA de viento llevó hasta ellas un olor penetrante.

—¡¿De dónde viene este terrible olor a humo?! —exclamó Paulina perpleja.

—¡Oh, no! ¡Viene del rancho! —contestó Pam, señalando el humo oscuro que se alzaba desde el Rancho Horizonte—. ¡HAY UN INCENDIO!

Una noche para olvidar

Las chicas ataron a los caballos, que estaban muy ASUSTADOS por el humo, y corrieron rápidamente hacia el rancho.

—¡MENOS MAL QUE ESTÁIS AQUÍ! —exclamó Shen al verlas llegar—. La CABAÑA DEL HENO se ha incendiado.

—¡¿A qué esperamos?! —exclamó Pamela—. ¡Tenemos que APAGAR el fuego!

Al llegar hasta allí, los chicos encontraron a Bob y Lisa intentando controlar las LLAMAS con un extintor. Pero los esfuerzos de ambos eran insuficientes y el incendio amenazaba con extenderse por todas partes.

—¡TENEMOS QUE AYUDARLOS!

Nicky tomó las riendas de la situación:

—Coged esos cubos. Formaremos una cadena desde la **BOMBA** de agua hasta aquí.

Siguiendo las instrucciones de la chica, los estudiantes consiguieron transportar muchos cubos de AGUA de forma rápida y segura. Al cabo de unos minutos, que parecieron infinitos, Bob y Lisa lograron controlar el INCENDIO.

Cuando la situación volvió a la calma, los dos roedores llevaron a Sandy a dormir e invitaron a los muchachos a entrar en la casa y descansar en los **SOFÁS** del comedor.

¡MÁS RÁPIDO!
¡YA VOY!

—Por suerte estabais aquí —dijo Lisa, sirviéndoles a todos TAZAS de manzanilla—. No quiero ni pensar qué habría pasado sin vuestra ayuda.

—Ahora tranquilízate —le dijo Colette, cogiéndole una PATA.

—Afortunadamente el peligro ha pasado, ya no hay de qué preocuparse.

Pero Lisa y Bob intercambiaron una mirada que estaba muy lejos de ser tranquila.

—¿Me... me equivoco? —preguntó Colette—. ¿Hay algún otro problema?

—Resulta que el incendio de hoy no es el primer ACCIDENTE que nos ocurre —dijo Bob con un profundo suspiro.

Con expresión preocupada, les contó que desde hacía cierto tiempo en el Rancho Horizonte ocurrían COSAS BASTANTE RARAS. Primero, la compañía de electricidad había dejado sin corriente el rancho, afirmando que Bob y Lisa no habían pagado un recibo que, en realidad, nunca recibieron. Después, la entrega de FORRAJE mensual la habían dejado de recibir de repente.

—Y luego la HUIDA de *Berry*... —concluyó el roedor—. Ningún caballo nuestro se había escapado nunca.

Tras el relato de Bob, se hizo el silencio. Entonces Paulina dijo:

—Bueno, son imprevistos que pueden ocurrir...

—Ya —contestó Lisa—, pero son IMPREVISTOS que nos han perjudicado mucho. Y puede que al final el Rancho Horizonte tenga que CERRAR.

—¡Eso no puede ocurrir! —exclamó Pamela—. Lisa, como tú misma dijiste, TODO TIENE SOLUCIÓN.

—Sí, hay una solución —admitió Bob—, pero no nos gusta: un famoso jinete quiere comprar a *Black*. No queremos darle un disgusto a Sandy, pero vender a *Black* parece la única manera de no perder el ran...

—¡Nooo! ¡No podéis vender a Black!

Todos los presentes se dieron la vuelta y… vieron a Sandy. La niña había salido de su habitación en pijama y había **BAJADO**. Lo había escuchado todo a escondidas, y ahora miraba a sus padres con los ojos llenos de **LÁGRIMAS**.

—Cariño, deja que te expliquemos… —intentó tranquilizarla Lisa.

—**¡NO!** —gritó Sandy, corriendo hacia su habitación. Después de aquella **MALA NOTICIA**, los chicos también se fueron muy disgustados.

—No podemos permitir que Bob y Lisa vendan a *Black* —dijo Violet preocupada—. ¿Qué haría Sandy sin él?

—Se nos tiene que ocurrir alguna idea —dijo Nicky, mientras el grupo pasaba junto a la cabaña que se había INCENDIADO.

De repente, la chica se paró y miró la construcción con aire perplejo:

—Eh, esperad un momento: ¡¿qué hay detrás de aquel abrevadero?!

Los chicos corrieron rápidamente a ver, y encontraron un pañuelo entre la hierba **chamuscada**.

Era de seda y tenía un bordado en una *esquina*.

¿Eso qué es?
¡Qué desastre!
¡Sí!

—¿De dónde ha salido? —preguntó Craig.

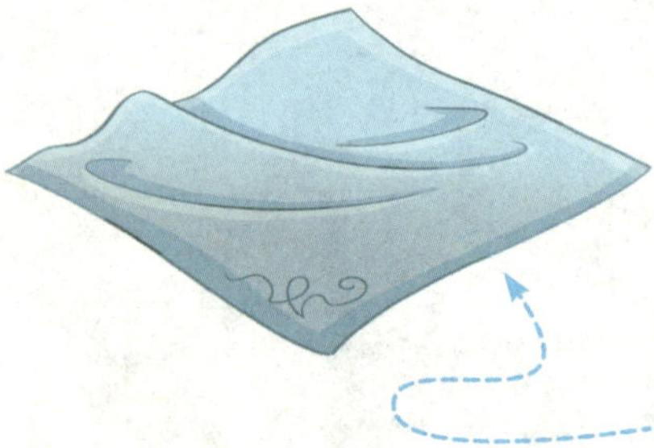

—No lo sé, pero no es uno de los pañuelos de trabajo que usamos en el rancho —contestó Paulina, observando el pañuelo—. Aquí están pasando cosas muy raras…

—No sé qué opináis, pero yo no creo que sean CASUALES —dijo Colette.

Pistas y sospechas

Las chicas del Club de Tea estaban de acuerdo con Paulina: Bob y Lisa eran dos roedores muy serios, y no podían ser la causa de todos aquellos INCIDENTES de los últimos tiempos. Era imposible que se hubieran olvidado de pagar el RECIBO, o encargar la comida de los caballos, o que hubieran dejado una cuadra ABIERTA, o que hubieran olvidado algo inflamable en un lugar lleno de heno. Además, eran demasiados incidentes seguidos para ser casuales.

Las chicas decidieron averiguar la verdad, y empezaron a INVESTIGAR.

Comenzaron por la comida que no habían entregado. Consiguieron el NÚMERO de teléfono de la empresa donde Bob y Lisa compraban, y llamaron para pedir explicaciones.

—Ahora mismo acabo de hablar con la responsable de los ENVÍOS —anunció Colette—. Dice que la comida no llegó a su destino porque el pedido… ¡fue ANULADO!

—¿Anulado? —repitió Violet sorprendida—. ¿Quién lo anuló?

—Eso es lo más inverosímil —respondió Colette incrédula—. Dice que llamó Bob.

—¡Eso es imposible! —Pamela negó con la cabeza—. Bob nos ha asegurado que no realizó esa llamada.

—Bob, no fue —puntualizó Paulina—, pero quizá lo hizo alguien *fingiendo ser* Bob.

El paso siguiente consistía en aclarar el asunto con la COMPAÑÍA ELÉCTRICA. Bob y Lisa aseguraban que nunca habían recibido el recibo que constaba como pendiente de pago. Sólo podían preguntarle a quien debía haber entregado el sobre: EL CARTERO.

Para estar seguras de encontrarlo, las chicas lo esperaron en la entrada del Rancho Horizonte, pero durante tres días seguidos no vieron ni RASTRO del cartero.

Por fin, al cuarto día vieron a un roedor que se acercaba montado en su BICICLETA. Pero después de esperar pacientemente a que llegara hasta el rancho, vieron que giraba en dirección a la FINCA del señor Martin.

—¡Señor cartero, disculpe! —lo llamó Nicky, corriendo tras el roedor junto con sus amigas—. ¿Por qué razón no ha pasado por el Rancho Horizonte?

—¿El rancho? —el cartero frunció el ceño—. Pero si ahí no vive nadie.

—¡¿Ha dicho nadie?! —repitió Colette sorprendida—. ¿Y quién se lo ha dicho?

—El señor Martin —contestó el roedor—. Me dijo que los señores Bob y Lisa se fueron y que le entregara a él su CORREO.

Pamela no daba crédito:

—¡¿Quééé?! ¿Y usted se lo crey...?

¡SEÑOR CARTERO!
¡ESPERE!

—Ejem... gracias por su ayuda, y perdone las molestias —la interrumpió Paulina, para que no dijera ni una palabra más.

—Eh, Pilla, ¿qué ocurre? —preguntó Pamela confusa, cuando el cartero estaba lejos—.

¿Por qué no me has dejado terminar? ¡El RECIBO no llegó a su destino porque el cartero creyó la mentira del señor Martin!

—Ya lo sé —la tranquilizó Paulina—. Pero ¿os habéis fijado en el nombre del señor Martin?

Pamela, Nicky, Colette y Violet se volvieron en la dirección que señalaba su amiga, y en el BUZÓN leyeron el nombre del vecino de Bob y Lisa: Vincent Martin.

—¿No os suena de nada? —preguntó Paulina impaciente—. Vincent Martin…

VM…

—VM… —repitió Colette muy concentrada—. Pues ¡claro! ¡El pañuelo!

Feliz por la intuición que acababa de tener, la chica se sacó del bolsillo el **pañuelo** de seda que habían encontrado en el lugar del incendio y miró el *bordado*—: Esto no es un adorno cualquiera, son las iniciales de *Vincent Martin*. ¡Este pañuelo es suyo!

—O sea que el señor Martin estaba en el rancho antes de que empezara el **INCENDIO** —dedujo Violet pensativa.

—Y él también fue el que impidió que **LLEGASEN** los recibos —añadió Pamela.

—Y pudo hacerse pasar por Bob y **ANULAR** la entrega de la comida —sugirió Nicky.

—Exacto —asintió Paulina—. Ahora sólo nos falta contestar a una pregunta…

¿POR QUÉ LO HIZO?

¡En apuros!

La primera posible respuesta a la pregunta de Paulina era muy sencilla: el señor Martin intentaba boicotear el Rancho Horizonte porque sentía una profunda antipatía por sus vecinos, Bob y Lisa.

Pero esta motivación no acababa de satisfacer a las chicas del Club de Tea, que estaban totalmente convencidas de que detrás del comportamiento de aquel vecino huraño había un PLAN MUY CONCRETO.

—Vamos a ver, chicas, en realidad, ¿qué sabemos del señor Martin? —preguntó Paulina, sentándose ante el PORTÁTIL.

—Pues la verdad es que muy poco —respondió Colette—. Solamente sabemos su nombre completo.

—Y que vive aquí, en la isla —añadió Pamela, INICIANDO una búsqueda en el ordenador, luego comentó—: Bueno, no es mucho, pero es algo para empezar.

—¡O-oh! —exclamó Colette, MIRANDO la pantalla del portátil.

—Lo sabía... —suspiró Nicky resignada—. No habéis hallado nada...

—Al contrario —sonrió Paulina—. Hemos encontrado algo MUY interesante.

Leyendo noticias por internet, las chicas descubrieron que, en realidad, el señor Martin era un famoso empresario. Y también hallaron que no vivía al lado del Rancho Horizonte porque hubiera decidido retirarse al campo, sino porque se estaba preparando para su siguiente inversión: abrir un centro comercial hipermoderno en la Isla de las Ballenas.

—¡Eh, mirad esto!

—dijo Violet, señalando una imagen que acompañaba un artículo—. ¿No os recuerda algo?

Entonces sus amigas observaron con detenimiento: era un plano de la Isla de las Ballenas en el que habían superpuesto un dibujo del futuro centro comercial.

—¡El edificio se construirá en el LUGAR donde ahora está el Rancho Horizonte!

—Por eso Vincent Martin está provocando incidentes en el rancho —concluyó Paulina—. Porque sabe que debilitando su negocio, Bob y Lisa se verán obligados a vender. Y cuando compre el terreno del Rancho Horizonte podrá construir su centro comercial.

Las chicas no tenían ninguna duda: había que desenmascarar a ese vecino APROVECHADO, y sin escrúpulos.

—Pero ¿cómo podríamos hacerlo? —se preguntó Violet pensativa—. Nunca reconocerá que ha sido él.

—A menos que le hagamos creer que ha perdido el NEGOCIO.

—¿Cómo? —preguntó Pamela.

—Tenemos que convencerlo de que, después de todos sus ESFUERZOS y MAQUINACIONES, Bob y Lisa van a vender el rancho… a otro rival.

Las chicas INFORMARON a sus amigos de todo y, con la complicidad de Bob, Lisa y Sandy, se dirigieron todos a caballo hacia el CLARO del bosque donde estaba el manzano para tenderle una trampa al impostor.

¡FUERA DE AQUÍ!

—¡Eh, vosotros! —vociferó el señor Martin cuando los vio reunidos en los límites de su propiedad—. ¡¿QUÉ HACÉIS AQUÍ?! ¡Marchaos! Ya sabéis que no quiero ANIMALES por aquí.

—Un poco de paciencia, señor Martin —dijo Pamela disimulando una sonrisa—. Estamos dando un último paseo. A partir de mañana, nadie lo va a molestar.

Vincent Martin miró a la chica desconfiado:

—¿Qué quieres decir?

—Pamela, creo que nuestro vecino desconoce las últimas noticias —intervino Lisa. Y luego explicó—: Verá, hemos decidido cerrar el rancho...

La información borró por completo la rabia del rostro del señor Martin:

—Ah, eso es una noticia fantást... bueno... quiero decir... es una noticia imprevista, pero si lo han decidido así… me pregunto… si tienen intención de vender el TERRENO, yo estaría dispuesto a…

—Gracias, pero ya tenemos un comprador —dijo Bob—. Esta mañana hemos firmado el contrato de venta.

El señor Martin primero se quedó blanco como la leche y luego se puso rojo como la piel de las manzanas que se estaban comiendo justo en ese momento los caballos.

—¡¡¡NO ES POSIBLE!!! —gritó el roedor—. He intentado por todos los medios que se fueran, y ahora resulta que le han vendido el rancho… ¿¿¿¿¿A OTRO?????

—¿Así que ha intentado por todos los medios que Bob y Lisa se fueran? —recalcó Paulina.

—Bueno, ejem… sí, —el señor Martin intentó disimular— he sido maleducado y…

—Deje de mentir, estamos enterados de todo —dijo Colette, y le enseñó el pañuelo de seda—. Sabemos lo del incendio, lo del cartero, lo del forraje y, sobre todo, sabemos lo del centro comercial.

Al verse en apuros, el señor Martin estuvo a punto de TRAICIONARSE otra vez, pero después de abrir la boca sin pronunciar ni una sola palabra... decidió HUIR a toda velocidad.

Violet comentó:

—Creo que la época de los

INCIDENTES en el Rancho Horizonte ha terminado.

Nicky se echó a reír:

—Pues yo tengo la sensación de que muy pronto veremos un cartel que pondrá EN VENTA por aquí… pero ¡será en la finca de Vincent Martin!

¡Fiesta!

—Ya estoy aquí —dijo Colette saliendo del baño de su habitación con un cuenco lleno de crema de color verde claro.

Después de obligar al señor Martin a retirarse, Colette convenció a sus amigas de que la mejor manera de celebrar que habían desenmascarado a un impostor era… ¡aplicarse una mascarilla de belleza!

Entonces las chicas del Club de Tea se reunieron en la habitación de Colette y Pamela y, con las patas sumergidas en agua caliente, se relajaron con una mascarilla refrescante de flores AROMÁTICAS.

Paulina comentó satisfecha:

—Ahora en el rancho no pasarán cosas raras, y Bob y Lisa podrán cuidar de sus CABALLOS tan bien como siempre.

—Y, sobre todo, Sandy no tendrá que renunciar a BLACK —añadió Violet.

Pasaron una tarde tranquila, hablando y riendo. Luego, cuando Paulina, Nicky y Violet salían para VOLVER a su habitación, Colette dijo:

—Ha sido bonito celebrar que NUESTRO PLAN ha salido bien, pero sería mucho mejor celebrarlo con Bob, Lisa y Sandy.

—¡Gran idea, Cocó! —exclamó Paulina, aplaudiendo con entusiasmo—.

¡ORGANIZAREMOS UNA FIESTA EN EL RANCHO!

Dicho y hecho. Las chicas se pusieron manos a la obra para montar la MEJOR FIESTA que se había visto en el Rancho Horizonte, abierta a todos los alumnos de Ratford y a los habitantes de la isla.

En primer lugar, con el ordenador, Paulina diseñó y después confeccionó unas invitaciones.

—¿Qué os parecen? —les preguntó a sus amigas, mostrándoles orgullosa el resultado.

¡SON SUPERRATÓNICAS!

—exclamó Pamela—. ¡Qué ganas tengo de entregar estas invitaciones a todos!

Pero en una gran fiesta digna de ese nombre no podían faltar JUEGOS DIVERTIDOS... y también un **sabroso bufet**.

De los juegos se ocuparon Nicky y Pam, que alquilaron una cama elástica y construyeron una PIÑATA* gigante. Paulina y Violet se encargaron de la comida, y prepararon cientos de mazorcas para hacerlas en la barbacoa. Y, como se trataba de una fiesta dedicada a una familia amante de los caballos, las chicas pensaron en algo especial…

—Podemos montar una pequeña EXHIBICIÓN con *Black*, *Nube*, *Óxido* y los demás, un pequeño recorrido con OBSTÁCULOS. ¡Para Bob y Lisa sería una buena manera de mostrarles su trabajo a los habitantes de la isla!

Y, con la ayuda de los dueños del rancho, los caballos también fueron protagonistas de la fiesta. Sólo tenían que esperar a los INVITADOS.

*La piñata *es un recipiente de colores lleno de golosinas. Los jugadores tienen que golpearla con un bastón hasta romperla, para coger las golosinas del interior.*

¡SERÁ UNA FIESTA SUPERRATÓNICA!

Un regalo especial

La fiesta que las chicas del Club de Tea organizaron en el Rancho Horizonte fue un gran éxito. Desde primeras horas de la tarde, una multitud de roedores llenó el patio.

Y después de los JUEGOS, la COMIDA y el baile llegó la exhibición de los caballos.

—**Sandy, ¿estás lista?** —le preguntó Paulina, reuniéndose con ella junto con sus amigas en el **establo**, donde la niña estaba preparando a *Black*.

Sandy asintió contenta:

—¡*Black* y yo no vemos el momento para salir a **ACTUAR**!

—Antes de que salgas, queremos darte una cosa —dijo Colette, entregándole un PAQUETE grande y rectangular.

—Lo hemos hecho entre todas —explicó Violet—. Ojalá te guste.

Con los ojos brillantes de la emoción, la pequeña abrió el inesperado regalo:

—Es... ¡precioso! *Black*, es un CUADRO de los dos.

En ese momento, Bob entró en la **cuadra**:

—Sandy, ¿estás lista? Te toca a ti.

La niña miró a sus nuevas amigas y sonrió segura:

—¡Ya voy!

Un instante después ya estaba en la explanada del rancho con *Black*, y todos los invitados la miraban con admiración.
Colette murmuró emocionada:

—¡Sandy es una niña formidable!

—¡Es verdad! —asintió Pam—. Y el Rancho Horizonte también es un lugar formidable.
Las cinco amigas se unieron en un abrazo y contemplaron felices el espectáculo, mientras las primeras estrellas brillaban en el cielo. Una vez más, habían vivido una aventura inolvidable y juntas habían superado todas las dificultades. ¡La amistad es un don maravilloso!

¡Qué espectáculo!
¡Bravooo!

¡VUELA, BLACK!

ÍNDICE

Vida en Ratford

¡Leer es una aventura emocionante!
¡Marca los libros de tu colección!

- 1 Escenas de amor en Ratford
- 2 El diario secreto de Colette
- 3 El Club de Tea en peligro
- 4 Reto a paso de danza
- 5 El proyecto supersecreto
- 6 Cinco amigas y un musical
- 7 Camino a la fama
- 8 ¿Quién se esconde en Ratford?
- 9 Una misteriosa carta de amor
- 10 El sueño sobre hielo de Colette
- 11 Un, dos, tres... ¡se rueda en Ratford!
- 12 Top model por un día
- 13 Misión mar limpio
- 14 El club de las poetisas

15 La receta de la amistad

16 El gran baile con el príncipe

17 El fantasma del Castillo del Halcón

18 Todas podemos ser campeonas

19 Más que amigas... ¡hermanas!

20 Una boda de ensueño

21 Salvemos a los animales

22 El concierto del corazón

23 Mil fotos para una top model

24 El tesoro de los delfines azules

25 La lección de belleza

26 Una noche mágica en la nieve

27 Este caballo es un tesoro

1
2
3
4
5
6
7
8
9
10
11
12
13
14
15
16
17
18
19
20
21
22
ISLA de las BALLENAS

La ISLA de las BALLENAS

1. Observatorio Astronómico
2. Islote de las Gaviotas
3. Playa de los Burritos
4. Clínica veterinaria «Cachorros felices»
5. Posada de Marian
6. Monte Despeñadero
7. Pico del Halcón
8. Playa de las Tortugas
9. Río Lapa
10. Bosque de los Halcones
11. Universidad de Ratford
12. Gruta del Viento
13. Círculo de Vela
14. Academia de Moda
15. Arrecifes del Cormorán
16. Bosque de los Ruiseñores
17. Biblioteca Municipal
18. Puerto
19. Villa Marea: Laboratorio de Biología Marina
20. Instalaciones fotovoltaicas para la energía solar
21. Bahía de las Mariposas
22. Arrecife del Faro

R
RATFORD
1
2
3
4
5
6

UNIVERSIDAD de RATFORD
1. Campos de deporte
2. Habitaciones de los alumnos
3. Clubes estudiantiles
4. Jardín
5. Torre del Norte
6. Redacción de la revista
7. Despacho del rector
8. Sala de fiestas
9. Torre del Sur
10. Jardín de Hierbas Aromáticas
11. Comedor
12. Biblioteca
13. Aula Magna
14. Entrada

¡Adiós, hasta la próxima aventura!

Descúbrelo todo sobre el mundo del Club de Tea en www.clubgeronimostilton.es